KB111134

내 생으로 가는 길

내생으로 가는 길

일진행 시집

은주사

내생으로 가는 길

걸음걸음 가볍게를
따라 나선
내생으로 가는 길

여덟 폭 병풍처럼
펼쳐놓고 바라보니

하나하나
본래의 그 모습
아름답구나

욕심 세계의
탐욕을 여의니

보이고 들리는
갖갖 낱낱

마치 미지의 세계
동화 속 같으다

내
이 가슴 활짝 펴고 보니

마음 그도
함께 있었네

허공 속에
오색구름 꽃피어

하늘 아래
가벼이 날으니

이 마음도
날개 달고 함께 날으네

희로애락
겹겹 주름 속에서도

한세상

하룻밤 꿈속 같은

그마저도
멈추어 있지 않아

세월 속에
대기 속에 묻혀

흔적조차
찾을 수 없네

오가는 그 세월
사계를 타고

속절없이 가는
이 육신마저도

그마다의
집 애착 다 내리고

지수화풍 돌아갈 때

닦은 대로
쌓은 대로

다시 지을
새 집을 위해

보리 일구며 가는 길

얼어붙어
가파르고 험난해도

능히
참고 견디어

기쁨으로 맞으려드네

무상두 1

고행 속에
난행으로

난행 속에
고행으로

거친 세파 속에서
신음하지 않은

용맹스러운
정진의 힘으로

온갖 아픔을
몰아낸 밝은 기운이

이 세간을
장엄할 수 있는

나 자신의
막강한 힘이 되어

무한히
자랑스러운

나날마다
행복한 날 되니

파란 하늘에
하얀 구름 타고

저 허공을 날으는
이 여인아

사십성상 긴 세월

무엇을 구했는가
무엇을 얻었는가

그 부피로도
그 무게로도

나를 누르지 않는

오로지
무상도만을

한 짐
잔뜩 구하고자

쉼 없는 정진만을
아끼지 않았었다

사람 몸 받아와서
신명을 다해

무상도를 구하려는
한 생각 한 마음

그 뿌듯함이
한가슴 차오를 뿐이다

있고 없음

강 건너
강 있고

산 넘어
산 있어도

이 몸 벗어나
이 몸 없고

마음 떠나
마음 없다

있고
없음의

사견에서
벗어나

정견에
머물러

세세생생
티끌 여의어

복되게
살지어다

마하반야바라밀

법계와 허공계의 모든 세계로

가녀린 불빛으로
그 몸을 불살라

장엄한 모습으로
온 누리에 바치는

위대한 그대 이름
짧은 향 한 개비

나랑 함께
사십성상을 보낸

갈라놓을 수 없는
나의 동반자

거침없이 타 내리는
그 모습을 바라보며

따뜻한 가슴 되고
넉넉한 마음 되면서

지금
여기까지 이르렀다

묵묵히 고개 숙여
온 길 돌아보며

내 영혼마저도
그대 향연에 실어

이 세계에서와 같이

법계와 허공계의
모든 세계로 떠나보내어

정념과 청정을
영원토록 간직케 하고 싶다

마하반야바라밀

빛과 그늘〔光陰〕

빛과 그늘이
창살을
오르내리는

그런 속도로
우리는
가고 있다

먹을거리
입을 거리 찾아
즐기는 순간

잠자는 순간

온갖 놀이로
즐기는 순간

불타는 신심으로

난행고행의 정진을
즐기는 순간들

그 모두는
큰 하나 속에
끊임없이
이어지고 있다

순간순간이 모여
한생을
마감하는 길에

엉거주춤
돌아서서
고칠 수도
돌려받을 수도
있을 수 없다

창살을
기어 오르내리며
내닫는

대자연의

숭고함을 쫓아

원만한 행으로서

한세상
순순히 살지어다

돌아보아
후회없이 살지어다

운명의 사슬

사랑이
사랑을 이기지 못해도
미움은 이긴다

미움은
미움도 이기지 못하고
사랑도 이기지 못한다

행복이
행복을 이기지 못해도
불행은 이긴다

불행은
불행도 이기지 못하고
행복도 이기지 못한다

밝음이
밝음을 이기지 못해도

어둠은 이긴다

어둠은
어둠도 이기지 못하고
밝음도 이기지 못한다

정도가
정도는 이기지 못해도
사도는 이긴다

사도는
사도도 이기지 못하고
정도도 이기지 못한다

지혜가
지혜를 이기지 못해도
무지는 이긴다

무지는
무지도 이기지 못하고
지혜도 이기지 못한다

행운이

행운을 이기지 못해도
불운은 이긴다

불운은
불운도 이기지 못하고
행운도 이기지 못한다

희망이
희망을 이기지 못해도
절망은 이긴다

절망은
절망도 이기지 못하고
희망도 이기지 못한다

인내가
인내를 이기지 못해도
나태는 이긴다

나태는
나태도 이기지 못하고
인내도 이기지 못한다

효가
효를 이기지 못해도
불효는 이긴다

불효는
불효도 이기지 못하고
효도 이기지 못한다

아름다움이
아름다움을 이기지 못해도
추함은 이긴다

추함은
추함도 이기지 못하고
아름다움도 이기지 못한다

순리가
순리를 이기지 못해도
역리는 이긴다

역리는
역리도 이기지 못하고
순리도 이기지 못한다

이런 고로

진리 앞에

순응하지 않고 어쩌랴?

마하반야바라밀

시시때때로

인간의
책정이 아닌

자연이
시시때때로

보여주는 시간

밝음이
어둠을 부르고

어둠이
밝음을 부르는

이것이 곧

눈에 보이는
자연이 지은 시간이다

세월이
계절을 몰고

사계를
몇 억 만 번 돌았을까

대우주의 신비
대자연의 신비를

책하려는 자
그 누구도 없네

지혜의 눈
지혜의 귀

지혜의 한 생각
지혜의 한 마음이

사뭇
미혹을 이겨

시시때때로

지혜로운 삶을
영위하여지이다

희유한 나의 장엄

좁은 듯 넓은
나의 세계바다

그 속에 홍일점인

둥근 창이 있는
미모의 육각등을

때로는
지기 없는 등대로

때로는
극락세계로

한 생각 따라
이 마음이 바라본다

육신의 작은 창을 닫고

마음의 큰 창을 열고

삼생을
삼계를
삼천 대천 세계를

이따금
초월해 보는 듯한

찾아낼 수 없는
이 마음으로

한세상
아름다운 꿈속인 양

한생이
뉘엿뉘엿 저물어간다

하지만
매순간마다

이 마음이
영글어가는 충만으로

모자람이 무엇인가
알지 못하네

누구에게나
있을 수 있는 것이

누구에게나
있을 수 없는 것인

희유한
나의 장엄으로

금생의
마지막 오늘이 되고

내일이 없는
그 날을 서원하는

그 마음 또한
무척 여유로우네

자리를 옮겨와서

여든이 되기 전
몇 달을 앞두고

나 일진행

용감하게도
일주일 만에
독립할 수 있었다

집안일 약간을
도우는 것만이
전부가 아님을 깨닫고

그 집착마저 놓으려
부랴부랴 서두른
결정적인 순간을
놓지 않고 잡은 것이다

이제 내 생의 막바지
남은 시간을 욕심 부려
좀 다르게 살고 가려 한다

아들아!
어미의 고집을
너무 책하지 말기를
간곡히 부탁한다

그날 이른 새벽

네 시에 일어나
새벽기도에 앞서

아들 며느리
자는 방을 향해

함께 보낸 긴 세월
그동안의 고마움을

정말 정말 감사하는
그 마음을 앞세워서

큰절 삼배를 올리며

내 아들아
내 며늘아

넓은 집에서
간섭 받지 않고

마음껏 정진하며
긴긴 세월
너무 잘 보냈다

내 아들
아침저녁으로
빙그레 웃어주던
변함없던 그 모습

그 크나큰 선물을
소중히 간직할게

내 막내
안간힘을 다해서

이 어미 마음 잡아보려고

엄마 엄마 엄마
엄마 엄마 엄마라고만

수없이 부를 때
나는 가슴으로 울었다

이 핵가족 시대에
어미를 내보내지 않으려

자정을 지나
먼 새벽까지

자리를 뜨지 않던
그 밤이

영원히 잊혀지지
않을 것이다

지금도
그 순간을 기억하면

그때처럼
다시 가슴이 운다

며느리 출근길에
굵은 눈물방울 두둑두둑
떨어지던 그 모습도

오래오래 이 마음에 남을 것이다

오후 시간

다음에 다시
들고 들어갈지라도

우선은 다 챙겨가지고
바쁜 며느리 도와
남은 먼지까지
훔치고 나왔다

아들아
이 어미가
너무 과감하게 밀어붙여

네 마음을 불편하게 해서
미안하다
기회가 되면 다시 갈게

이미 저승이라네

이 몸은 오래지 않아
다시 지수화풍으로 돌아가리니

마음이 이 몸을 떠나면
육신만이 땅위에 버려져

애써 쌓은 세상 것은
한 먼지처럼 흩어져가도

핑계 없이 닦은 마음은
나를 두고 떠나지 않아

세세생생 진 보배일지니

금생에 이 몸 다스리지 못하면
다시 어느 생을 기약하랴

욕심에 매달려

죽음 앞에 이르러서야

무상을 느낄 때는
이미 저승이라네

우리 모두는
일상 속에서

탐욕의 사슬을 내리고

부지런히 절하고
또 절하여 심신의 조복으로

진 참회의 길에서
보리의 등불을 밝힐지어다

내가 만들어
내가 가지며

내가 지어서
내가 받나니

싫어서도 가져야 하고

좋아서도 가져야 하는

그 이름이
자업자득이라네

우리는
진리인 불법을 소중히 간직하고

선인선과를 지어
언제 어디서나 행복을 누릴지어다

내게 남은 인생

지난날을
명상으로 본다

나와 만난 모든 것

그림자마저도
쓸려 가버리고

이 마음만이
오늘을 지키고 있다

그 마음 곧 무진장이다

그가 나서서
세상을 움직인다

무엇을 못 가지며
무엇을 못 담으리오

누구나
이 마음의 무진장을 알면

곧바로
스스로가 큰 부자인 것이다

세상을
움직이는 모든 것은

잘살려는 노력이요
희망이며 방편들이다

그중에서도
난행고행의 대정진만은

바른 생각이
바른 마음으로

바른 행을 키워내는
대단한 지름길이다

자신이 스스로

일체종지에
이를 수 있나니

기꺼이
그 마음 따라

순순히
아낌없이

적절히 나누며
잘 쓰고 가는 것이

두말하면 잔소리가 될
내게 남은 인생이다

미련도 후회도 없이
멋이 있게 살고 가리라

일진행아 걱정말지다

형상세계와 실상세계

눈에
보이는 것

손에
잡히는 것

몸에
닿는 것

그 모두
실상이 아니었네

눈에
들지 않아도

손에
잡히지 않아도

몸에
닿지 않아도

그것이
실상이기에

한 생각
쉬어두고

이 마음
열고 보니

그래
열심히 잘산 것 같지만

늘
형상세계와 실상세계를
왔다 갔다 했었구나

이제라도
남은 생애

한 생각

한 마음
이 한 몸을

실상 속으로 쫓으리라

소중한 오늘이
다 하기 전에

지혜로운
한 생각 생각마다

원만히 밟고 다지며 가리라

그리워라 그때 그 하늘 아래

먼 지난날을
뒤적거려 본다

대성지 봉정암
사리탑에서

금강경 백여덟 독경으로
신심을 쏟아놓았던 그 밤

아! 그리워라
그때 그 하늘 아래

아련히 꿈속 같으다

큰 양초 네 기둥으로
어둠을 밝힌

그 밤이 점점 깊어지면서

인적이 끊긴 고요만이
제 이의 영산회상을 품은

상상을 초월한
순간이지 않았던가

다람쥐가
무릎 위를 기어 오르내리며

적막으로 점점
깊어가던 설악의 밤

부처님 오신 달 사월의
싸늘한 밤바람에

촛불이 간들거리며
춤추던 설악산상

어린 솔들이
옹기종기 웅크리고 앉은

허허 넓은 광야처럼
여겨지던 그 산상

마치 실제의 추억이 아닌
꿈속의 추억 같다

나에겐
매사에 후회하지 않을

실상의 장엄들로 빽빽하다

겁 없이 시작했던 대정진에
별들이 유난히도 반짝여주던

부처님 분신이 계신 그 산상

아! 그리워라
그때 그 하늘 아래

다시 만날 수 있다면
쫓아갈 것 같은 마음 있지만

그조차도 막연한
아스라히 꿈속 같은 그날들이

오늘을 만날 수 있게 한
소중한 방편들이었을 뿐이다

접었다 폈다
백 손가락으로도
다 셀 수 없을

아름다운 고행의
그 많은 추억들 하나하나

그 큰 신심으로
오늘에 이르렀다

하늘이 아무리 높은들
바다가 아무리 깊은들

사방팔방 상하방이
그 아무리 넓은들

그보다 더 높고 깊고 넓은

나의 신심으로
또 다른 오늘을 만난다

그리워라 그 하늘 아래

그 밤을
명상으로 보며

두 손 마주 모아
감사하는 마음

지금도 흐려지지 않아
너무 너무 행복하다

세상 파도

바람불고
비내리며
눈보라도
몰아치는

세파 속을

너도나도
알지못해
미혹으로
지어놓은

그업따라

울고웃고
웃고울며

도래된길

피할수도
건너뛸수
그조차도
막연하니

지은대로
업을따라
가야하네

거금으로
대신할수
그마저도
없는길을

이제라도

인과연을
가려지어

오는세상
좋은과보
순탄함을
누릴지다

바람자고
비그치면
눈보라도
멈추어져

화창한날

너와나는
지혜롭게
선한과보
골라지어

웃고웃고
또웃으며

사바세계
극락되게

지은복력
그힘으로

나날마다
기쁜나날

손에손을
마주모아

님이여신
진리앞에

무릎꿇고
감사하는
신심깊은
불자되어

세세생생

가슴따뜻
마음맑아
밝은삶을
누릴지다

윤구월 삼일기도

도착 즉시
기도공양 접수 후

각자 공양미를 안고
각 전단을 참배한 후
잠깐 쉬어
저녁공양을 했었다

첫째 날
새벽예불에 이어

아미타 부처님께도 백팔배
신중님께도 백팔배를 하고

사시 예불엔
윤구월 기도의 기점인

광명진언 천독이

이루어지고

주지스님의
정성어린 집전에 따라

백팔배는 물론
한마음 함께 쏟아놓을 수 있었다

오후 삼층 미륵전에서
정토심도반의 천일 천배 회향

삼천배에
축 삼천배 핀을 꽂은 국화분

일인 일 분 다섯 분을 올리고
우리 함께 백팔배 공양을 올렸다

둘째 날
새벽예불 후
아침공양을 끝내고

이층 법보전에서
법화경 독경에 들어

오후 이른 시간에 완독하고

나무묘법 연화경으로
백팔배를 올린 후

이어서 지장보살님께도
백팔배 공양을 올릴 수 있었다

몸과 마음이
함께 하는 모든 것

핑계와 게으름에
밀리지 않으면

갖갖 장엄들로
빽빽할 것이다

셋째 날
매순간은 이대로
영원으로 가고 있다

새벽예불에 이어
아침공양 후 막간을 이용하여

적조전 부처님께 백팔배 공양 후
삼보 일배로
부처님 부르며 세 번 돌고

영산전에서 다시
백팔배 후 일보 일배로 돌아 나와

온 정성을 쏟아 부은
주지스님의 집전에 따라

회향예불을 마치니
모아 천배를 무난히 할 수 있었다

바쁘게 점심공양을 하고
천안 도반들이 배려해준 차편으로

천년을 지켜왔다는 돌다리
일명 진애다리를 돌아보고

삼 사 순례 겸
각원사 성불사를 참배한 후

조금 늦은 시간에

천안 대구 부산으로 헤어졌다

배려해 주신 분들께
고마움의 두 손 모읍니다

두루 보살펴주신
주지스님 외 두 분 스님

희견 보살님 법륜화 보살님
공양주 보살님께

두 손 마주 고마움을 올립니다

진리의 말씀

날마다 새로운
내 안의 세계 해

법계와 허공계를
가득 채운

진리의 말씀으로
곳곳마다 들어찼네

듣는 이 없어도
쉼 없는 무언의 그 말씀

갈피갈피
팔만 사천 경전의 말씀

마음으로 들어보라
마음으로 살펴보라

무한한 광명의 말씀

억 천만년이 가도
불변의 말씀들

진리의 그 말씀 따라
함께 살아가는 우리

번쩍이는 행운의 열쇠
그 주인일지어다

님은
진리의 분신

진리는
님의 분신

아! 복 되도다

우리는
그 세계의 바다에서 산다

이생을 닫을 때

우리 올 때 빈손으로 와서
우리 갈 때 무엇을
가지고 가겠습니까

쌓아 모은 세상 것
어느 하나
가져가지 않습니다
가져가지 못합니다

지은 업
그것만을 가지고 갑니다

지옥도
극락도
보내주는 이 없습니다

스스로
만들어가는 겁니다

가슴 앞에
두 손 모으고

자신이 걸어온 길을
돌아봅시다

극락일까요
지옥일까요

그 아니면
반반일까요

지금도
늦지 않습니다

잘못 지은 업은
진참회하고

충만한
육바라밀행 실천으로

털끝만큼의

두려움 없이

푸근하고 넉넉하게

마지막 그날을
기다려 맞을 수 있도록

우리 모두 애써 노력하여
그럴 수 있기를

이 두 손 가지런히 모아
진가슴 진마음으로

일심발원하옵니다

가는 세월
오는 세월 지나서

우리 모두 모두
극락에서 만나요

다소곳이

구구절절
다말못할
세상사연

그럼에도
부지런히
정진하며

수행이란
그자리를
지켰기에

온갖사연
충만으로
앞세움이

어연간에
일흔지나

여든되어

아흔이란
그자리를
바라보네

왔으니까
가야하는
순리앞에

다소곳이
참회정진
이어가며

너무오래
머물잖길
서원하며

기다리는
그마음도
기쁨일세

버리고 가지며

눈 감으면
벽이 없어
허공 같거늘

눈뜨면
그대로
벽과 벽이다

불법을
닦아 행하되

형상 세계와
실상 세계로

늘 반복하는
중생살이

하지만 어쩌리오

현실을
비켜설 수 없으니

적절히
버리고 가지며

착한 법을
구족하여

선행 공덕
쌓여 모이면

순으로
보리 일구어지나니
다시 무엇을 구하리오

님의 은애 속에서
어질고 착함으로

사랑 주고
배려하며

육바라밀행

원만히 갖추어

오거나 가거나
항상 복되게 살지어다

내게 남은 서원

출렁거리는
세파 속
내 삶의 바다에

유일하게도
지기 없는
육각 등대 하나

환한 불빛으로
내 안의
바다를 지켜준다

꼬박 밤을 새워
새벽 예불이
끝날 때까지

마음 없는
그 마음 아름다워라

내 아무리
세상 욕심을
내려놓았어도

발사된 로켓처럼
치솟는 신심으로

이 세상을 다
끌어안고 싶은 이 마음

한 가닥
서원으로 보내긴

아쉽지만 어쩌랴
접어야 할 즈음인 걸

피할 수 없는 길에서도
서원만은 식히지 않는다

나무아미타불

신심

말로는 너무나 쉽고
흉내 내기도 쉽지만

신심 그를 만나기
생각만큼 쉽지 않다

이론으로 앎은
지식에 가까울 뿐이다

정진이 쌓여 터득한
앎이 곧 바로
진실한 신심이다

지혜도
그 속에서 생기며
가피 역시 그러하거늘

이 마음 하나

조복하지 못하면

세상 것을 다 가진들
무슨 소용이 있겠는가

악을 부리는 자
악이 영글고

선을 부리는 자
선이 영그나니

도래되는 생을 위하여

악을 달래 보내고
선으로 벗을 삼노라면

그는 눈에 보이는
세상 것이 아닌지라

비록 육안엔 들지 않아도

보물 중에 큰 보물인
그 보물을 만날 수 있다

살을 깎는 고행 없이는

한 찰나에 놓치고
한 찰나에 잃기 마련이다

습, 곧 업을
바꿔 놓기 전에는

습이란 그것이
앞서기 때문이다

모쪼록
핑계와 게으름을 이겨

삼가 행할지어다

허구

모든 헛됨이
어찌
허구에만 있으리오

진리의 길에도
한생각 소홀 속에

허는
있으리라

돌다리도
두들겨 건너라는

옛 어른님들의
그 말씀

어찌
명언이 아니리요

잘 가는 길에
길손으로
만날 수도 있으리니

때에 곧바로
알아차림이 소중하니라

그가 진정
지혜로운 자이니라

신심의 불길

갑오년 열림이
엊그제 같은데

어연간 또 한 해는
저물어간다

일흔을 통째로
쓸어 보내는 한 해

뒤쫓아 오는
여든의 만남

참 오래 살았구나

불 세계에
발을 들여놓을 때

긴가민가

믿기지 않던

그 세월이
훌쩍 지나가고

강렬한 신심의
불길 속에 뛰어들어

타들어가는
그 세월 또한

어느덧 반평생(사십성상)

겁 없이 치솟는
신심의 불길

그 화염 속에
나 자신을 보면서

부처님께

내가 없이
감사드린다

점점 늘어난 정진

소리 없이 늘어난
내 정진의 폭으로
하루가 빽빽하다

새벽 예불에 이은
다라니 서른 번이
쉰 네 번으로

참회 진언이
스물한 번으로

수년째
나의 대서원인

마지막 그날을 위한
돌풍 같은 정진이

중반을 지나

막바지를 향해

점점 더 큰
발원으로 가고 있다

처음 그 마음보다
더 넓고 큰 원만성취를

오매일념
불철주야

반복발원하면서
마지막 그날을 위하여

말없이
점점 늘어난 정진들로

돌려받을 수 없는
하루하루

보석 같은 나날을
어느 하루 소홀하지 않고

소중하고
감사하게 보낸다

이것이
내려놓을 수도
벗어날 수도 없는

내가 만든 나의 업이다

오로지 한 생각(일념)

오랜 세월 동안
굽히지 않은

일념의 그날이
하루하루 가까워온다

간절한 대서원이
아미타 부처님 힘입어

꼭 이뤄짐을 기다린다

오는 생엔
신심이 돈독한
부모님을 만나

오로지 한 생각
출가할 것을
한순간 내리지 않는다

보다 큰 것
보다 대단한 것을
바라지도 않는다

작은 공간
청정한 도량에서

일념 정진하는
청정한 수행자로

청정을 즐기는 이들과
청정을 나누며

그 보람으로
감사함을 누리며

한세상
멋이 있게 살리라

좋은 것 더 좋은 것
많은 것 더 많은 것
큰 것 더 큰 것을 벗어난

참신한 수행자의 향기
곧 부처님의 향기가

바람을 거슬러
온 누리에 풍길 수 있기를

바라는 간절함이
충만을 꽃피우며

오탁에 물들지 않는
연꽃처럼 살리라

귀한 손님

첫째 날
동지를 앞둔
포근한 날
반가운 분들이 찾아오셨다

멀리 인제에서
제천에서 오신 손님

사십 년 전에 광덕스님께
공부하셨다는 두 분

한 분은 스님이시고
한 분은 법사님이신데

법사님 보살님이랑
세 분이 오셨다

귀한 걸음 하신

세 분 님들

세간에서 드문 신심으로
사시는 그분들의 만남은
내게 대단한 행운이다

님들이 잡아놓은
해운대 글로리 콘도에서
일정대로 이박삼일 간
함께 묵으며
처음 만남이 아니듯 편안함은
전생의 깊은 지음이
분명 있는 듯했다

십년에서
이십년에 가까운
세대 차이도 아랑곳없었다

함께
밤바다를 거닐고
재래 야시장을 돌아보고
저녁 공양을 하고
숙소로 돌아와

법담들로 꽃을 피웠다

둘째 날
새벽 산책길에
동백섬 해안로를 걸어

전망대에서
대교와 누리마루를
배경으로 사진도 찍고

동백꽃길을
한 바퀴 돌아와서

그분들이 준비해 온
아침 공양을 지어

맛있게 공양하고
거제로 갔다

가는 길녘 전망대에도
들려보고 말로만 듣던
해저 터널을 통과하여
거가대교를 달려

통영에까지

나로선 너무나
귀한 걸음이었다

그곳 시장 구경도 하고
충무김밥
뺏때기죽
꿀빵 등 별미도 맛보고

청마 유치환 선생의
생가와 문학관을
돌아볼 수 있었다

조금 늦은 시간에
숙소로 돌아와

그 밤이 깊도록
오가는 법담들은
불법의 진리 속으로
깊숙히 빠져들었다

법관스님

도인 법사님
명혜성 보살님

님들의 귀한 만남은
이 늙은이
한생을 지나는 길목에
보다 큰 장엄으로

오래 오래 남으리다

정진으로 열어가는
정진으로 키워가는
정진으로 넓혀가는

소중한 막바지 순간

도래된 인연의 감사함을
가슴 깊숙히 묻으며

셋째 날
만남은
헤어짐의 시작이라

헤어짐 또한
만남의 시작이리라

먼 길을 가야 하므로
숱한 아쉬움을 안고

이른 시간에 서로 헤어졌다

지난 시간을
명상으로 돌려보며

세 분 님들께
고마움을 전하는 마음

합장 배례하옵니다
안녕 안녕 안녕히

여든의 나이

마음 내어 기다려
한 번씩 만나

법담을 나누고 싶은
도반들마저도

미련 없이 놓을 수 있어야 될
내 나이 여든이다

빈 방에 혼자
지루함도 내려놓고

빈 방에 혼자
외로움도 벗어놓고

빈 방에 혼자
기다림마저도 지워가는

이것들이 내게 남은
과제임을 생각하며

어느 누구
함께 가줄 사람 없음을

스스로 알고 연습하는
그것 얼마나 소중한가

그러던 어느 날 소리 없이
조용히 갈 수 있다면 얼마나 좋을까

이 육신
마디마디 쑤시고 부위부위
즐겁지 않은 신호가 오는 것이
지극히 정상인데

부지런히 정진하면서
보리의 힘 키워내어

아무렇지도 않은 듯
잘 참아 견디다 가야 할 텐데

조금은 걱정스럽지만

오히려 아무렇지도 않은 것은
비정상에 부치고 싶다

찾아오는 손님(병마)
그를 내쫓으려 말고
순순히 받아들여 다독여야 한다

부처님께서도
보여주셨듯이

그 하나하나들은
법계에 흥건한 진리이다

일체중생도 위하고
나 자신도 위하여

일념의 다라니도 외우며

아미타 부처님도
하늘가처럼 끝없이 부른다

을미년 첫 달을 보내며

어느덧
달력 첫 장이 넘어간다

소한 대한이 지나고
입춘이 가까스로 오고 있다

세월이 빠른 건가
시간을 소중하게
잘 쓰는 건가

하루가
깜짝 깜짝 사이인지라

죽는 날이
막 달려오고 있나 보다

비행기를 타고
오고 있는가

케이티엑스를 타고
오고 있는가

속속 다가오고 있다

가는 날에

바람처럼
세월처럼

흔적 없이 갈 수는 없을까

잃은 듯
버린 듯
없었던 듯

떠날 수만 있다면

안간힘을 다해서
시도해보련만

그 무슨 힘으로도
가망이 없으니

그저 잘산 힘으로
잘 갈 수밖에 없는지라

세월에게 약속한다

나
멋이 있게 잘살고
멋이 있게 잘 가겠노라고

감사하는 마음

엄동설한은
강추위를
다 지나보내고

봄이 꿈틀거리는
입춘이 도래하였다

팔십 년 묵은 때
닦아 지우며

막바지 남은 업을
정진으로 마저 씻는다

언젠가는
가야 할 이 몸으로

아껴주고
사랑해주는 분들께

감사하는 마음
지울 길 없어

뒤늦게 마련한
기도방 오두막에서라도

하룻밤
함께 보내고 싶어

그 마음을 정리해본다

부처님 오신 날을
지나 보내고

무더위가
기승을 부리기 전으로

이 마음이
결정을 내렸다

이 시대에 드물게
불편한 곳이긴 하지만

완강하게
거절하지만 않으면

노할머니이신
시이모님과

이십 수년 차이인
젊은 성덕도 보살님을

각각 이박삼일로

노할머니는
그냥 모시고 놀고

젊은 도반은
함께 기도하며

추억을 만들어
보내려 마음 정했다

이 두 분
기꺼이 허락하실 줄
믿어 기원한다

그날을 기다려

마중하고 배웅할 것이다

봄이 오는 삼천리

무겁던
겨울 지나
가벼운
봄이 오는 아침

산뜻한
맑은 공기
심장을
쓸어내리네

멀리
매화향기
코끝에
다가오는 듯

계절 가고
세월 가니

진달래
개나리
따라 피고

너도 나도
따라가네

먼 산에
아지랑이

그도 따라
너울대는

아름다운 조국
금수강산 삼천리

동강난
허리 치유

이손(남)
저손(북)
어느 손이
약손일까

큰 손과
큰 손이
맞잡는 그날

못다 한
오랜 향기
긴 호흡으로
들이쉬며

굳은 발걸음
서서히
옮겨놓는 그날이

언제쯤일까

이 두 눈 감기 전에
만날 수 있으려나

호흡도 멎고 눈도 감겠지

오랜 세월 동안
나와 만났던 일

그 하나하나

아름다운 추억으로
예쁘게 엮어서

허공에 드리워놓고

소년기
중년기
노년기

그때로 다가가 본다

가부좌를 튼 채로

방바닥에
두 손으로 턱을 고이고

눈을 감고
영상을 돌리듯

기억나는 대로
돌려본다

지칠 줄 몰랐던
까마득히 지난 시절

겹겹이
묻힌 그날들이

꿈속처럼
아련히 지나간다

오는 날에 이어질
그 어느 날

호흡도 멎고
눈도 감겠지

그렇게
한생은 끝날 것이지

진정
무상 무상 무상이로니

한 생각 고귀함을
가슴에 고이 간직하고

남은 진금 같은
순간순간을

소중하게
아끼고 사랑하며

잘 쓰고 가리라

때에
가슴이 출렁거린다

오롯이

주워서 버리고
버리곤 또 줍는

눈에 드는 세상 것

애써 사랑하고
아끼며 간직한들

오롯이 한 생각
내려놓음만 못하더라

한 생각 오롯이
내려놓은들

한 마음 오롯이
이겨내지 못하면

그 무슨 소용이리

한 마음 오롯이
이겨낸들

실로 행함에
이르지 못하면

그 역시
그림에 떡일 뿐이라

간단없이

불법, 곧 진리를
밀고 들기만 못하더라

육안에 드는 세상 것
부질없이 비집고 파고든들

그 자리가 그 자린데

빈손으로 와서
빈손으로 간다는

지워진 한 생각

오롯이 살려냄만 못하더라

세상 것
뭐니 뭐니 해도

청정한 한 생각이

마음 받들어
오롯이 행함만 못하더라

도행

이 세상에
사람이란 존재

그 자체는
생긴 구조 하나하나 똑같으며

남녀의 구분만이
다를 뿐이다

그 인품은
생각의 차이
마음의 차이
행의 차이일 뿐이다

세상을 들썩거리는
그런 분들도

감기가 들어 훌쩍거리다가

콧물이 나오니
사정없이 코를 풀고

기침이 나오니
막무가내로 기침을 하고

입고 먹고 자고
배설하고
어느 하나 다름없더라

그러하거늘
궁극에는
병원 신세가 되어

필경에는 죽음에 이르나니

근기의 우열에 따라
약간의 차이가 있을 뿐이다

그러므로 사람이란
본래로 평등한 것이다

아무개가 도인이면

나도 도인이요

아무개가 부처면
나도 부처인 것이다

단 인품의 우열이
가름할 뿐이다

이렇듯 고귀한
사람 몸 지닐 때

부지런히
정진하고
수행하여

충만한 육바라밀행으로
도행을 이룰지어다

마하반야바라밀

아름다운 도반들

행복이
어느 쯤에 있는가

가까스로
행복을 느끼게 된다

새해를 맞아
멀리서
절 받으라며
세배하는 사람

법화경 독송을
권장했더니
완독을 하고 너무 기뻐서

경전에
백팔배 공양 올렸다며

너무 고마워
삼배 올린다는 이

또 어떤 이는
음성공양 올린다며

찬불가
부처님 인연 높습니다를
폰으로 불러주는 이

게다가 또 하나

아흔에 가까운
노할머니 한분의 찬사며

넉넉하고도 충만한
우열을 가릴 수 없는

아름다운 마음들의 만남에
난 더없이 행복한 사람

서로 마주 절을 하기란
쉬운 일이지만

벽과 벽을 사이에 두고
절을 한다는 것

얼마나 쑥스러운가

그런 아름다움으로
장엄된 나의 도반들

모두 모두
존경스럽습니다

원하오니
곱디고운 그 마음들

이 세계를 지나서
시방 모든 세계로

널리 멀리 더 멀리 번져지이다.

제 이 두 손 마주 모아
합장 고개 숙여 발원하옵니다

아름다운 나의 도반들

모두 모두 부처님 되소서
모두 모두 부처님 되소서

충만과 모자람

이 몸이
건강코자 하면
정신이
건강하라

정신이
건강하면 곧
한 생각이
건강하며

따라 마음도
건강할지니
마땅히
행이 건강하죠

행이
건강하면
육신은 으레

건강하기 마련이다

한 생각이
충만하고
한 마음이
충만하면

따라서
이 한 몸의
건강도 역시
충만할 것이다

그럴 수 있으려면
쉼 없는 정진으로
자신을 조복하여
충만함에 이르게 함이다

모자람에
기대게 되면
만사 만행이
모자람으로 충만할지니

법계에 가득한

정진의 힘 수행의 힘으로
모자람에서 벗어나
충만함에서 사노라면

내생은
이어진 충만으로
충만함에 충만이
충만하리라

세월을 다시 본다

이 우주에
까마득한 세월

시간이 자라
세월이 아니던가

낮과 밤
춘하추동

사계를 먹고
세월은 자라

그 세월 억만겁토록
다하지 않는다

중생의 마음처럼
숨겨진 모습의

세월을 다시 본다

그도 실상이라
가고 옴이 없음에도

우린 모두
세월이 간다고들 말한다

그 세월을 다시 보니

그 속에 너와 나가 늘
함께 오가고 있었네

나 홀로 존재할 수 없음을
새삼 느낀다

그 세월 안에

백발 오고
늙음 와서
죽음 오게 되네

세상 시계

다 멈추어 서면

세월 그도 멈추어줄까

마음

마음! 그 마음을
너무 멀리 두면

필요에 따라 쓸 수 없다

가까이에 두고
쉽게 쓸 수 있어야 한다

한 생각 일어나면
한 마음이
그 몸을 부릴 수 있어야지

어물어물
결정치 못함은
그 마음을
너무 멀리 두었기 때문이다

내가 본 한 사람

그 마음이 얼마나 멀었는지

그 몸을 부리지 못해
십 년 지나 이십 년에 가깝도록
어물거리는 자가 있었다

애처롭게도
그 마음은 몸 따라 사는 마음
허기진
불쌍한 마음이다

한 생각이면
마음이 나서서

몸을 다스려야 하는데

그 아닌 마음
몸을 따라다니는 그 마음은

허수아비에 불과할지다

묻고 싶다
몸이 어찌 마음을 다스리랴

석가모니 부처님

석가모니
부처님께서

왕자로서
이 세상에

실로 오심은
그 과정일 뿐

광대한
진리에서 오신 분

곧 진리의 분신이시다

법계에
두루 찬

엄연한 진리를

미혹한 중생이
알지 못함을

몸소
보여 주시고

몸소
일러 주시려

천 백 억 화신으로

이 세간에 오신
님이시어라

진리의 분신이신

그대 석가모니
부처님이시여

더 드릴
말씀이 없이

위대하시옵니다

거룩하시옵니다

장하시옵니다

우러러
정례하옵니다

나무 석가모니불

날마다 날마다

날마다 오는오늘

날마다 새로운날

날마다 보리일궈

날마다 쌓여가는

날마다 즐거운날

날마다 충만으로

날마다 늘어나는

날마다 더좋은날

날마다 보람으로

날마다 엉그리며

날마다 행복하니

날마다 두손모아

날마다 부처님께

날마다 감사하는

날마다 복된날이

날마다 대숲처럼

날마다 빼곡하게

날마다 자라나서

날마다 풍성하게

날마다 기쁨으로

날마다 줄을서네

한 분 계신 시이모님

어머님도 가시고
한 분 이모님도 가시고
이제 단 한 분 계시는
시이모님

저랑 칠 년이란
세대 차이로
못난 저를
무척 아끼고
사랑해주시는
둘도 없는 이모님

탱자나무
겹겹 울타리를
사이에 두고
과수원을 할 때

이모님이랑

저랑
똑같은 모습으로
새카맣게 그을려
볼품없었던 시절

그 엄청난
힘든 일
궂은 일 가리지 않고
열심히도
하면서 살았죠

그 세월도
묶여 있지 않아
천리만리
어디론가 가버렸지요

숱한 그 세월 속에
먼저 가시는 분들
다 보내드리고

지금은
이모님도 노할머니
저도 할머니

세월의 힘이 정말 대단하죠

이러다 어느 날
이모님도 가시고
저도 가야겠지요

하오나
이모님도
저도
예쁜 아들딸들이
총총 들락거려주는
다행스러운 노후

지금은 편안한 몸이 되었지요

어쩌다가
제가 전화를 드릴 때
가물가물
쓰러질 듯한
그 목소리에 놀라

이모님 하고

편찮으세요
그 말이 나오기도 전에

어느 한순간에
충전이 된 듯한
박력이 넘치는 목소리에

가슴이 뭉클거리곤 했죠

우리는 전생에
어떤 인연이었을까요

항상 그리움에
깊숙히 묻혀
일 년에 한두 번
만나면 부둥켜안으며

헤어짐이 아쉬워
돌아보곤 했었지요

흔히들 지금은
백세 시대라고들 하지만
오래 사는 것만이

행복이 아님을 알므로

때맞추어
미련 없이 떠날 수 있는
미리 미리 준비된
넉넉한 마음으로
기다려야겠지요

존경하는 이모님
이 좋은 인연도
오래지 않아
무너져야 할

참으로 무상함을
느껴봅니다

이모님 사랑합니다

부디 가시는 날까지
건강하소서

이 질부 일진행 두 손 모음

가볍게 훌훌 떠나세

하루하루
더 늙어가면서
하나하나
줄여가야 하는
사바인연

잊은 듯
돌아보아
다시 잊어가야 할
세상 사연

진드기처럼
달라붙더라도
가는 날에 매달고
신음하기보다

미리미리
생각 끝

마음 끝에
무거운 추를 달아

놓고
잊고
끊고
버려서

가볍게
훌훌 떠나세

왔으니까
가는 것은
누구에게나
다 있는 것이어서

먹고
자고
노님과
다를 바 없네

인내로써
부지런히 정진하여

가는 날에
미소로 떠날 수 있도록

정진하세 정진하세
가볍게 훌훌 떠날 수 있도록

끼리끼리

흔히들 쓰는 말
끼리끼리
논다는 말이 있다

하지만 누구나 함께
놀고 싶은 마음 있어
가리지 않고 놀아보니

시간 가고
세월 가서
기어이
본래 성품 이기지 못해

스스로 물러나니
끼리끼리
남게 되더라

법계엔

엄연히 진리가 있어
자연히
끼리끼리가 된다

제 잘난 사람과

양보하며
이해하며
배려하는 사람의

각각 인품이
노출되는 것이다

성품에 제 잘난 사람은

양보도
이해도
배려도
어렵기 때문이다

그러므로
밀어내지 않아도
스스로 밀려난다

시종을 끼리끼리 남아

오는 세월이
다할 때까지

함께 할 나의 도반들

이렇게도 쉬운 표현
끼리끼리로 남는다

욕심

너와 나
나와 너
사람 사람마다
세상 것에
매달린
그 욕심 하나하나
거두어들일 수 있다면

이 세간이
얼마나 아름다운
삶의 터전일까

탐욕의
그 모양이 있고
탐욕의
그 소리가 있어

탐욕이

보이는 세상
탐욕이
들리는 세상이라면
어떨까

그렇다면
좀 더 밝고
서로 간에
미덕이 넘치는
삶일 수 있지 않을까

안타깝다
빈손으로 와서
빈손으로 가는 길에
무슨 욕심이
그렇게들 와서
매달릴까

애써
욕심에서
쉬워질 수는 없을까

그럴 테면

괴로움이
싹 가실 텐데

욕심아
부디 떠나다오

어떻게 내려졌을까

이십대 삼십대 시절
올망졸망
어린 저들을 키울 때

그들의 승부라면
목숨이라도
내놓을 것 같았던

그 열정이 어디로 가고

차디차게 차가워진
내가 지닌
오늘 지금을

육안으로
심안으로
직시해본다

불이 지펴진
한 개비 향에
나 자신을
실어 보내듯이
유심히
바라보는 마음

타내리는 그가
마디마디
무너지는 모습이
너무나 자연스럽다

무거웠던 야망을
세월 속에
묻어 보내고

새의 깃털처럼
가벼워진
진리에 박힌
이 마음 하나

그도 지금 너무나 태연하다

쏟아 부을 것도
쓸어 담을 것도

하나하나 가려 담을
그조차 벗어난
오늘이 되어
지난날을 다시 본다

지금 이 마음이
그때 그 마음인데
어떻게 내려졌을까

이 어찌
나만의 힘이랴

불연의 은혜임을
감사 감사
하지 않을 수 없다

모두 모두 다 함께 가고자

신들린 듯
다라니를 외우는 나

마치 다라니의
달인이라도 된 듯이

일체중생들이
진리의 길로

모두 모두 다 함께 가고자

나의 대서원은
그 끝을 알 수 없다

멀고 가까움을 벗어나

이 세계 안의
모든 사람들이

여법한 진리의 길인
불법의 탄탄대로를

너 나 빠짐없이 다함께 가고자

오매일념
불철주야
일심발원하옵나니

이 다라니 공덕 되어

일체중생 남김없이
바른 신심 굳게 지녀

번뇌는 지혜 되고
미움은 사랑 되며
탐욕은 자비 되어

일체 종지를 이루어지이다

이차 인연 발원 공덕을
법계 만방에 회향하옵니다

나모라 다나다라 야야
남약알야 바로기제
새바라야 사바하

준비하는 마음

한생의 노을을
준비하는 이 마음

세상 일
집안일을
미련 없이
놓아가는 길에

귀 기울여
들으려고도
말로써
알려고도

나에게
마땅한
바른 행으로
궁금증을 쉬어간다

오로지 한 생각
한 마음 기울여
정진에 힘쓸 뿐이다

하나를 알면 하나
둘을 알면 둘
셋을 알면 셋으로

끈끈이 같은
집착만 자랄 뿐

가는 길엔
털끝만큼도
유익하지 않다

하나하나
끊고
맺으며
가는 날에
끄달리지 않을

만반 준비 곧
뒤돌아보지 않고

가볍게 가볍게
가는 길이리라

우리 모두는
사람 몸으로
온 길이기에
마지막 가는 길에도
사람 몸으로 간다

그 길에서
죽음을 맞아
괴로움 없이
편안히 가야 하는데

우리 모두는
죽음 앞에
얼마만큼의
자신이 있을까

가슴으로 헤아려
그 마음께 물어본다

항상 선행공덕을
멈추지 않아야 한다

욕심 모인 준비는
아무런 유익함이 없다

결정적인 업의 열쇠는
진리만이 가지고 있다

오직 진리 그가
그 해결사이다

어깨 힘
목에 힘 낮추어

지혜로운 삶으로
기다려봐야 할 일이지

누가 감히
힘주어 말할 수 있으랴

청정한 수행자

일상에서

생각으로
짓는 업이
청정하면

말로
짓는 업이
청정하고

말로써
짓는 업이
청정하면

몸으로
짓는 업이
청정하여

이 세계에서처럼
법계와
허공계의
모든 세계에서도

그는
마땅히
청정한
업의 과보로

이 세간을
맑히는
청정한
수행자가 되리라

사바 중생
모두 모두가
청정히 불도 이루기를

일심 발원하옵니다
나무 불 법 승

을미년 정월 초이틀

을미년
음력 정월 초이틀
천안에서
성덕도 보살님의
전화가 왔다

반갑게
서로 간의 안부와
새해 인사를 나누고

기어이
세배를 하겠다는
보살님께 저는

악수 한번 하면 되지
하면서
내 손을 내밀었으니
당신 손도 내밀어줘

그러는데도
기어코 세배하겠다니
어쩔 수 없이 폰을 놓고

천안 쪽을 향해
일어서서
마주 절을 하면서

마치
영혼들의 세계
영혼들의 만남처럼

서로 소리만으로
각자 마음에
감동을 받으며 즐기는

멋이 있는 도반으로
멋이 있는 삶을 누리는

우린 너무 너무
행복한 사람이군요

일 년 내내

온 가족 건강하시고
행복하시길 기원합니다

일진행 두 손 모음

우연 중에 칠천 다라니

갑오 을미
연말연시 기도
일부러 이름 지어
시작함도 아닌데

우연 중에 하다 보니
스무하루
칠천 다라니를
외우게 되었다

무심코 그 다라니
숫자를 모아보니
두백이 모자라
마저 채워 칠천 다라니
그 이름도 멋스럽네

매번 반배 절을 하면서
어느 누구만이 아닌

이 법계와
저 허공계에 이르기까지

아낌없이
미련 없이
후회 없이
남김없이
쓸어 보내는 이 다라니
골고루 회향되어지이다

나모라 다나다라야야
나막알야 바로기제
새바라야 사바하

내 아무리
안팎으로 찾아봐도

허공에 뜬구름
지나가는 바람

그 이상도
그 이하도 아닌

내 이 마음

내놓을 것도
보여줄 것도 없음을

가까스로
너무나 잘 알고 있다

어느 하나
부처님의 은애
아님이 없음을

제이 제삼 감사드릴 뿐이다

꽉 찬 여든의 나이
이대로 잠든 눈 뜨지 않고

들이쉰 호흡
내쉬지 않았으면

얼마나 행복할까

을미년 삼월

또 달력 한 장이
넘겨졌다

이렇듯
빠른 속도로

우리는
가고 있다

어떻게
하루라도

더 진지하게
살고 갈 것인가

가슴이
멈칫 하는 순간이다

어디에
무엇으로
어떻게
얼마나

공덕을 쌓고
선행을 닦아 행하며
좀 더 과감하게
꾸려갈 수는 없을까

한 생각
멎은 듯 멍해진다

순간
여태껏 살아온 길
조용히 돌아보며
남은 미련마저 내리려니

급기야
가슴 깊숙이

세상사 부질없음이
물안개처럼 피어오른다

고마워요 감사해요

이 마음
느긋이 풀어놓고

있는 듯 없는 듯
들어앉아

한 짐 잔뜩 정진 때

누가 찾아주면
반갑게 마중하고

누가 불러주면
기쁘게 나선다

오나 가나
짐이 될 늙은이

찾아주고

불러주는 이

그 고마움이
한 수레 가득함을

어찌 모르리요

두 손 가지런히
고마워요 감사해요

녹슨 행복

행복이 따로 있나
행복해 하면 행복이지

괴로움이 따로 있나
괴로워하니 괴로움이지

괴로움을 한 짐 잔뜩 짊어지고
행복을 찾아 헤맨다면

버려진 녹슨 행복을 만나
그 녹을 지워내기 너무 힘들어

다시 새로운 괴로움이 되고 만다

괴로움에 매달린 그 마음을
지체 없이 내려보면

그곳에 바로 행복이 있는데

그렇게들 쉬운데
어렵게 어렵게들 찾는 이

전깃불을 켰다 껐다 하듯이
자신이 스스로 짓고 부수는 격이다

현실에 만족함이 곧
참 행복이요 충만한 행복인데

참 소중함을 잃어버리면
그것이 얼마나 큰 괴로움인가

마지막 가는 길에 그대로 두고
빈손으로 가는데도

업만은 잔뜩 따라 나선다

하오니
선악의 업을 가려서 지으며

행복에 매달리지 말지어다

이것이 나이던가

이두손 가지런히
한생각 가지런히
한마음 가지런히
이한몸 청정하게
부처님 법안에서
뒤돌아 다시보니

멈춰선 내그림자
어제를 전생으로
오늘을 금생으로
내일을 내생으로
미래를 열어보는
이것이 나이던가

이러던 어느날에
육신을 지수화풍
돌려준 나일때는
이조차 막연하니

있어도 없는것과
무엇이 다를소냐

촌음을 아껴가며
묵묵히 보리일궈
충만을 다져내는
이기쁨 이행복을
나날이 쌓아가는
이것이 나이던가

겨울밤 꿈속같은
긴한잠 깨고보니
님만난 다행으로
삼생을 보는듯한
신비의 이마음이
꿰뚫어 보기까지

더더욱 정진하여
보다더 밝은업이
영그는 내생되게
부단히 노력하며
오늘을 지나가는
이것이 나이던가

봄이 오는 소리 봄이 오는 모습

살금살금
봄이 오는 소리 들린다

아장아장
봄이 오는 모습 보인다

게으르지 않게
산을 넘고
개울 건너
늪을 지나

봄이 오는 소리 들린다
봄이 오는 모습 보인다

귀를 닫아도 들린다
눈을 닫아도 보인다

산등성이 지나오며

진달래도 피우고

햇살 바른 양지쪽에
할미꽃도 피우며

산마을 지나오다
초가지붕 담장 안에

매화도 피우고
목련도 피우고

울타리에
개나리도 피우며

살금살금
아장아장

바쁜 걸음 늦추지 않네

나도 어서
하던 공부 마저 하여

실상의 충만을

한 아름 마저 채워 안고

이 한 생명
온 길 가야 하네

진리의 눈금을
초월할 수 없지 않는가

봄이 오는 모습
봄이 오는 소리

마음 눈에 보이듯이
마음 귀에 들리듯이

오라는 이 없고
가라는 이 없어도

때가 되면 가야 하네

사랑만이 남았네

이 세간에서
이렇게들 마음 안에
충만함이 들어 있는 줄
다들 아는지 모르는지

좋은 것을
먹어서도 아니고
좋은 것을
입어서도 아니며
좋은 것을
가져서도 아닌

오로지 불연의
그 깊은 인연만이

이 지구 끝
저 하늘가 같아

지난 세월의

그 숱하던 괴로움
모두 모두 떠나보내고

사랑으로 돌아서니
홀연히 꿈속 같았던 지난날
그 하나하나들은
충만과 사랑으로 남았네

내가 지은 업과로
만났던 선악의 과보

내쫓기지 않아도
스스로 물러가고

따뜻한 가슴 안고
새로운 생을 꽃피우며

내 가볍게 가는 길에
사랑만이 남았네

세세생생

물 한 방울
전기 한 등
기름 한 눈금
밥알 한 톨
구멍 난 양말
낡은 속옷
휴지 한 장

그 어느 하나
소홀하지 않고

세심하게 아끼고
절약하는 미덕으로

멋이 있게
써야 할 자리

과감하게

쓰고 싶은 자리엔

망설임조차 없으니

집 애착으로
걸림 또한 없네

세상 것
내 것 아니기에
낭비하지 않아야 하고

가져갈 것 아니기에
적절히 잘 쓰면

잘 익은 선과로

세세생생 날 적마다
복된 삶을 누리리라

세상 사연
이러하거늘

잘살고 가기

크게 어렵지 않나니

베풂에도 배려에도
인색하지 않게

이 세상 끝까지
다가갈 수 있는
미덕을 영글이면서

세세생생
복되게 살고 지고
충만으로 살고 지고

일체중생 모두 모두

님이시여
일체중생 모두 모두

탐진치 번뇌망상
무거운 짐 내리고

귀한 몸 받았음을
감사하는 큰마음으로

돈독한 신심을
알뜰히 키워내는

여법한 수행자 되게 하소서

가없는 가피 내리시어
충만케 하소서

님이시여

일체중생 모두 모두

무지를 박차고
더욱 발심하여

핑계와 게으름을
거두어들여

부처님 가까이
점점 다가가서

밝은 지혜에 들게 하소서

가없는 가피 내리시어
충만케 하소서

고마웠던 분들께

신병기 님
신영희 님
배임순 님
양명수 님
정구희 님

대단히 고맙습니다

어렵던 시절은
수없이 많았지만

가장 어렵던 시절
물심양면으로
베풀어주신 분들께

법화경에서
수기 받은 제자들이

불세존께 감사하듯

항상 이 마음속에
감사함을 안고 산다

그 소중한 마음
만약 한순간이라도
놓친다면

항하사수
오랜 세월
어느 때에
다시 그 마음
찾아 고쳐 지으리오

나의 수행길에서
영영 잊지 않고
놓지 않는다

은혜도
사랑도
베풂도
배려도

미워함도
원망함도

남김없이
세월에 실려서

물이 흘러 흘러
바다에서
만남처럼

세속의 바다에서
다시 만날 텐데

절절히 가슴에 묻어 감사한다

한 분 한 분 님들이시여

지난날 그 공덕으로 오는 생엔
무량한 복덕을 누리소서

우리 오탁에 연꽃처럼
아름다운 모습으로
티 없이 청정한 삶을

이 세간에

고스란히 내려놓을 수 있도록

일심 발원하옵니다

간 기미는 보이지 않고

봄눈이 녹듯
봄 싹이 돋아나듯

시간 가고
계절 가고
세월 가니
나도 가야 하네

이 세상에 태어나서
반세기 훌쩍 지나
한 세기 가까워져

가야 할 날이
문턱까지 왔는데
갈 기미는 보이지 않고

지금까지만 해도
오래 살았는데

더 오래 살까 걱정된다

자식들 나이도
그대로 있지 않아
자꾸만 불어나니

내 가는 날을
앞당기고 싶다

백세시대란 말이 들리니
두렵기 그지없다

양가 부모님들
가시는 길 배웅해 드리고

남편도 보내고
차례가 도래된 지 퍽 오랜데

갈 기미는 보이지 않고

단 하나
대서원만이
해를 거듭 자라고 있다

그 서원이
나를 멈추이준디면

나를 아는 도반들께
큰 박수를 부탁하고 싶다

그 아니면
미혹함을 사죄하는

큰절 삼배를
올려야지 않을까 생각한다

추호의 두려움 없이

대발원하는
나의 대서원이

꼭 이루어져
원만 성취되어서

큰 서원의 힘
큰 발원의 힘을

실로 알고자
실로 그 맛을 보고자

불보살님의 가피를
함께 기다리는 마음 간절하다

나무아미타불

내 영혼 내 마음

금생에 나 일진행

난행고행의
행복한 고행으로

허공 속을 거닐며
무영탑을 쌓아가는

열어 보일 수 없는
이 마음 안에

장엄한 영산회상에서

사바세계 혼탁함을
연꽃 세상 되도록

안간힘을 다해
정진하는 이 영혼 이 마음

어연간 뉘엿뉘엿
서녘에 걸린 황혼길을 맞아

이 세간에서
가장 아름다운 일몰이 되어

걸음걸음마다
나비처럼 가볍게

불철주야 내생으로 가는 길에

실상의 아름다움을 가꾸어 가면서

돌아 돌아서 저 지구 끝까지

머나먼 하늘가까지 다가갈

내 이 영혼 내 이 마음

망망대해에 불끈 솟는
일출 그보다 더 멋이 있게

새로운 한생을 맞으려

뒤돌아보지 않고 기다려 떠날

해맑은
내 영혼이여
내 마음이여

지은 대로

토함산
굽이굽이
돌아 돌아서

석굴암
오르듯이

팔공산
굽이굽이
돌아 돌아서

한티재
오르니

그 시원함이
계절을
망각케 하네

이처럼
한가로이

한 세상
보낼 수 있음은

가려 지은 업이리라

이제 다시
새로운 운명을

만들어가는
한가로운 길목에서

스스로 찾아내어
즐겨 행하는 대로

도래될 인연에
어찌 방일할 수 있으랴

나는
우리는 불제자

지은 대로 받을 과보
미리 미리 알고서

삼가 조심스레 지을지어다

일상에서 지은 복덕

강물이 흘러흘러서
바다되어 철썩이듯

시간가고 세월가서

지난날의 선악과보
시절인연 도래된들

감히누가 막을소냐

끌어안고 다독거려
지나보낼 뿐이거늘

그길바로 진리려니

예로부터 열린그길
나도가고 남도가네

어김없이 찾아오는
일상에서 지은복덕

겹겹으로 쌓였어도
부피없고 무게없어

선별할일 전혀없네

바라밀행 원만하면
복과덕이 구족하여

세세생생 그공덕이
나를지켜 보호하리

욕심부려 가는날에
후회함은 이미늦네

일상에서 탐진치를
헌신짝을 버리듯이

집착애착 다버리고

부처님의 법안에서

종종걸음 쉬지않고

정진하고 수행하며

핑계와 게으름을
이겨내는 비결만이

이생에서 복의과보
세세생생 이어져서

복된삶을 누릴지니
속속전전 하시구려

극락에서 살리라

꿈속처럼 지나가는
한 백년동안

극락에서 극락도
극락에서 지옥도

지옥에서 극락도
지옥에서 지옥도

그모두를 스스로
지음일세 그누구
때문에가 아닐세

마음활짝 열고서
탐진치 번뇌망상

그들모두 훌훌놓아
자유롭게 보내주면

번뇌는 지혜되고
비움은 사랑되니
탐욕은 자비되어

열어놓은 그 마음을
다시닫지 않으면

어느 한순간에

열어놓은 그마음이
극락을 지음일세

갸륵한 그마음
번뇌없이 다스리면

영겁토록 무량한
복덕이 구족하여

세세생생 복되게
극락에서 살리라

오월의 죽순처럼

동지를 지난 지 백여 일
밤이 많이 짧아지고 있다

실내 기온은 싸늘해도
바깥 기온에 따라

매화 목련 개나리 따라
벚꽃 피는 봄이 완연하다

새벽예불을 세 시 반으로
앞당겼더니

조금은 피곤해도
사십성상 오랜 세월

잘 길든 낡은 육신은

예나 지금이나

거역하지 않는 이것

오래 닦은 업이리라

다섯 시면 예불이 끝나고
이어진 미타정근으로

긴 종일 지루하지 않은
다양한 정진의 시간

어느 무슨 시간에도
찾아오는 이 반겨 맞아

법담의 시간들로
쏜살처럼 지나보낸다

한번 오겠다는 이는
가슴으로 기다리며

나를 찾는 이
볼품없는 이 글을
가슴으로 읽어 주는 이

모두 모두 신심이
오월의 죽순처럼 솟아

번뇌 없이 자라기를
간절히 바란다

나는 즐기며 이렇게 살아요

내 작은 현관에
가지런히
신발 두 켤레

시도 짬도 없이
들락거리는 센서등

그마저
아끼느라 꺼놓고

나는 즐기며
이렇게 살아요

누가
올 때쯤이면

작은 부엌등 하나
켜놓는다

이 마음
이대로 가지고

저승 가면
너무 인색하다고

야단맞을 것인가

아니겠지요
근검절약 속엔

사랑도 있고
배려도 있고
베풂도 있는

그 모두는
충실하게 잘 영근

행복의 씨앗이니까요

나는 즐기며
이렇게 살아요

모두 모두 한 아름

신심이 한 아름이니
별빛도 한 아름이라

정진이 한 아름이니
달빛도 한 아름 차고

수행이 한 아름이니
가피도 한 아름이요

기쁨이 한 아름이니
행복도 한 아름이라

복덕이 한 아름이니
꿈도 한 아름 차네

희망이 한 아름이니
충만도 한 아름일세

주는 사랑 한 아름에
받는 사랑 한 아름이라

주는 기쁜 한 아름이
받는 기쁨 한 아름되네

한 생각이 한 아름이면
한 마음도 한 아름이라

고운 마음 한 아름이
밝은 마음 한 아름되어

모두 모두 한 아름되니
추억도 한 아름이네

아름다운 마음 한 아름에
아름다운 행도 한 아름일세

이 육신이 없다면

인생살이
집 애착 내리고

산하대지
두루 살펴보니

방위마다
무상이 안개처럼
자욱하네

마음의
부속물인 이 몸뚱이

하지만
이 육신이 없다면

이 세상이
통째로 없는 것과

무엇이 다르랴

마음 따로
몸 따로

아닌 것 같으면서
실상은 따로이니

부지런히
정진하고 수행하여

청정한 본심으로

이 몸을 온전히
운전할 수 있어야 한다

만약 마음이
몸의 부속물이라면

어물어물 매사에
흐려지기 일쑤일 것이다

부지런히 마음 닦아

바람직한 행으로

모자람을 뛰어넘어
가없는 충만을 누리는

행복한 삶으로
보람된 나날이 되도록

일심노력하여지이다

이것이 진리던가요

헤어진 지 만 이 년
가슴 깊이 담긴
나의 도반 묘월광 님

넉넉한 마음의
소탈한 웃음소리
귀에 쟁쟁거리네요

그 넓은 미덕으로
가신 곳이 어딘가요

극락인가요
천상인가요

찬기가 덜 가신
사월 상순

산골 법당에서

세 밤을 묵을 때

밤마다
눈이 내렸던 그 밤이

함께 하는
마지막 밤일 줄

당신도
나도 알지 못했죠

진가슴으로
사랑했던 당신

마지막 가는 길에
쫓아가서
한마디 불러주지도

울어주지도 못한
미안함을
용서하시려

이것이 진리던가요

전화 한통으로
목소리도 만나고
그 모습도 만날 수 있었던
행복했던 시절은
점점 멀어져만 가고

이젠 그 목소리도
그 얼굴도
명상으로만 만남이
너무너무 아쉽군요

강원도 인제
산골 법당 법상원에서

함께 먹고
함께 자고

함께 예불할 때

각각 목탁 치며
절을 했었지요

남은 시간마다
법담으로 꽃피우며

함께 보낸 즐거웠던 시간들
모아 밤 사흘 낮 나흘

아! 그리워라
그대 보고 싶어라

뜨거운 눈시울이
가슴을 흔든다

당신의 전생 이름
묘월광 님

대답 없는 그 이름 불러보며
심금을 울린다오

동서울에서 만나
함께 보낸 삼박사일 간

그 마지막 날

우리 신남에서 헤어지던

그날이 마지막 만남이었지요

이따금
그 목소리는 들을 수 있었는데

그마저 앗아간 운명의 사슬

이것이 진리던가요

한통의 전화면
목소리도 듣고
그 모습도 떠오르던

지난날들이
그립기만 하네요

이젠
그 목소리도
그 얼굴 모습도

명상으로만 돌려봄이

가슴 아파 오네요

가슴 시려 오네요

지난날 함께 사랑했던
그대 묘월광 님

어느 어디에서라도
안녕 안녕 안녕히

일진행 가슴 앞에
고개 숙여 두 손 모음

연화행 님께 보낸 글

연화행 보살님
나 당신께 이 말을 꼭
일러주고 싶어요

세 어린 공주
앞세우고 뒤세우고

절집에 쫓아가지 못해
괴로움을 부르지 말라고요

불자가 머무는 곳
그 어디든지

곧 도량이자 수행처이니

위대하신
부군 부처님을 모시고

히나 둘 셋
예쁜 공주님들을 꼬마 신도로

당신은 주지되어
청정도량 가꾸며

지장 정진 중이라니
지장경 독경도 하고

꼬마 신도들이랑 둘러앉아
지장보살 지장보살 지장보살

평화롭게 기도하면
얼마나 좋아요 얼마나 행복해요

훌륭하신 부군 부처님
인자하신 그 마음이

자비광명 태양처럼 내리시고

꼬마 신도님들 신심은
티 없이 늘어나 밝고 건강하게

무럭무럭 자랄 것이며

주지 당신의 신심은
온 누리에 자욱하리니

보다 큰 행복을 어디에서 구하리까
일심 노력 정진하소서

나 당신을 많이많이 사랑합니다

늦은 시간 미안해요

일진행 합장

연하행 님의 답글

보살님
제 목소리가 차가웠지요

죄송해요 보살님께
무슨 일이 생기신 거 아닌가

순간 놀라서 경직된
목소리로 전화를 받았네요

그런데 이렇게도
큰 선물을 받게 되어

너무 행복합니다
고맙습니다

보살님의
크고 깊으신 사랑에

어찌 보답해 드려야 할까요

지장보살님의 화신처럼
몽중가피도 주시고

저의 가정
도량도 만들어주시고

성스러운 길로 이끌어주시는
우리 보살님의 고마움으로

온몸에 전률이 돋습니다

보살님 공경합니다

아무쪼록 저의 곁에 건강히
오래 오래 계셔주시길 두 손 모읍니다

2015년 4월 7일 20시 32분
연화행 님께서

낡아진 육신인 나의 하루

진종일
라디오도
텔레비전도
신문도
없는 공간에서

법의 소리
법의 형상들을

스스로 만든
명상의 만남이

만약 없었더라면

얼마나 지루하고
갑갑했겠는가

한편 귀에서는

불철주야
바람소리 윙윙거리고

보는 것도 듣는 것도
이해력이 흐려져
반복해야 하며

부위마다
작은 새로운 신호들로
가야 할 조건들을
하나 둘 갖추어 가면서

기다리는 마음이
그 문을 닫지 않고
열어놓고 있음은
오직 나만이 안다

불 세계
그 크나큰 대해에
첫 발을 담글 때

긴가민가

주마등처럼 지나보낸
반세기 전

지금은 그 아닌
불법의 대해를
등대도 없이
헤엄쳐 내달으며

신심에 사로잡혀
핑계도
게으름도
고픔도
졸음도
아랑곳없이

꼭두새벽부터
심심찮게 정진하며

찾아오는 이
반겨 마중하고

돌아가는 이
포옹하며 배웅하는

늘 기쁜 마음 쉬지 않는다

이것이
낡아진 육신인 나의 하루
곧 오늘 지금의 삶이다

내 첫 손자 진우

초등학교 시절부터
중학교
고등학교
대학교
군에서까지

각광을 받으며
자랑스럽게 성숙한

내 첫 손자 제진우 씨

결혼식까지도
평소 그 차림 그대로

멋스럽고 자랑스러울 줄이야

상상조차도 못했었지

남도 제주에서
사방팔방 하늘도 열린

광대한 예식장
대자연도 축복을 내리는 곳에

진우야
그 큰마음이
하늘가이냐
저 태평양
대서양이냐

그 아름다운 꿈이
허공을 가득 채운 듯하구나

한 가슴 차오르는
이 기쁨을 안고
나 여기까지 쫓아왔다

내 딸 너의 엄마가
너를 잘 키웠고

너 또한 잘 커주었기에
정말 정말 고맙구나

오늘 새로 탄생한
신랑 신부 두 사람

서로 간에
많은 사랑을 받으려고만 하면
궁핍한 사랑이 된다

항상 서로 더 많이 주는
사랑이 되기를
각별히 부탁하면서

휘황찬란한
물질만능시대를 벗어나

반딧불 같은 불빛으로
태양 같은 광명을 발하는

너들에게
티 없고 가없는 축복을 보낸다

날마다
인성이 성숙하는

보람된 삶이 되면서
길이길이 행복하거라

이천십오년 사월 열여드레
제주 저녁 하늘 아래서

여든의 할머니 두 손 모음

그때 전국에서
저 멀리 홍콩에서까지

참여해주신 오십여 명의
축하 귀빈님들의

큰 박수갈채의
축복을 받으며

이 세간에서 드문
너들의 결혼식

입장에서부터
재치 있는 다양한 순서의
진행으로 퇴장까지

자연도 함께 해준
아름다운 장엄이었었다

노구로 윗글을 낭독할 수 있었던
영광에도 감사하면서

멀리서 와주신 모든 분들께
고마움을 전해 올리며

넉넉하고 충만한 행복을
두 손 모아 기원합니다

감사합니다

그리운 사람

어떻게
그 행방을 찾아
만나볼 수 있을까

항상
형님 하면서

동그란 귀여운
얼굴에 동그란 눈으로

웃어 보여주던 모습
눈에 선하다

범어사 입구
범양아파트에 살 때

마치 이름처럼
범양이라고 불렀던

밝고 신명한 정겨운
그 모습이 너무나 그립다

지금쯤 많이많이
행복했으면 좋겠다

어느 해 구정 년말
차가운 새벽 달빛 아래

한 칠 일 동안 함께
새벽기도 다니면서

범어사 절 마당에
얼어붙은 서릿발 밟던 소리

빠작빠작 지금인 듯
귓전에 쟁쟁거린다

수미단 아래서
님은 오백배 나는 칠백배

그날이 엊그제 같은데
강산이 세 번째로 변하고 있다

사노라니 행불행을
겪지 않을 수 없었다

내 무척 어렵던 시절
하지만 기회를 놓칠 수 없어

서울 정토법당 이십사 시간
천일 정진 동참 중에

만 원짜리 새 지폐 서른 장
귤 한 상자 정관장 사탕 큰 한 봉지

그 따뜻한 가슴에 안고 들고
날 찾아왔었지

그 만 원권 열 장과 귤 한 상자
당신 이름으로 부처님께 올렸지요

큰스님 열두 폭 병풍 한 질
그때도 날 도와 삼백만 원 보냈죠

세월이 가도 잊을 수 없어
이 글을 쓰면서 당신을 그리워한다

내 가기 전에
부디 한 번만이라도 날 찾아주면

당신 품에 얼굴 묻어
끌어안고 소리 내어

울 것 같은 마음은
지금도 눈시울이 뜨거워온다

내 가장 그리운 사람
가장 보고 싶은 사람

배임순 보살님
나 당신을 사랑합니다

행여 만날 수 있으려나
날마다 기다려봅니다

일진행 두 손 모음

어쩌다 이 글과 만나면
출판사로 연락처를 물으세요

보고 싶은 사람

이은주 님
한번쯤 소식 주면
얼마나 좋을까요

둥근 소리 법회에서
우린 처음 만나

곳곳에서 총총 만났지요

당신 차편으로
진주 절에도 다녀왔었고요

하지만
주소도 그 흔한 전화번호도

단지 안다는 것
그 얼굴과 이름 석 자뿐

잠신한 미모의
성숙한 수행자의 그 모습
정말 정말 보고 싶네요

행여 이 글을 만나거든
출판사로 연락처를 물어주세요

그 당시
군법당 지원 회원을 모을 때
한 구좌 하겠다는데

결혼하면 신경 쓰일 텐데
하고 말렸더니

그 대답인즉
이 하늘 아래 어디서든
송금하면 될 것 아니냐는

그 말에 나
한 주먹 쥐어박힌 듯 했었지요

그 후 삼십육 개월 간
매월 삼만 원

월초면 선등으로 보내던 당신

주소도 구좌도 나랑 같이 했었죠

그간 군승단 삼십 주년
기념행사에 초대장도
내게로 함께 왔지요

그 초대장
지금도 가지고 있어요

당신 만나면
보여주려고요

은주님 보고 싶어요
나 당신을 사랑합니다

언제쯤 만날 수 있을까
기다려봐도 될까요?

일진행 합장

사링비에 옷 젓듯이

새벽예불 시간을
앞당기면서

낮 시간의 쉼을 약간 늘린다

빈 시간엔
내 작은 공간의 무엇을

하나라도 더 줄일 수 있을까
두리번거림이 버릇처럼 되었다

한 생각 한 생각마다

전생을 보고
금생을 보며
내생을 보는 듯한 마음이

가랑비에

옷 젖듯이 배어든다

어제도 오늘이었고
오늘도 오늘이며
내일도 역시 오늘이다

과거생도 오늘이었고
현생도 오늘이며
내생도 역시 오늘이다

이 모두는
오늘이 가고
오늘이 와서 모인 것이다

세상사 너무나
단순 단조로워

무상이 겹겹이건만

불자란 이름으로도
쫓아오는 과보를

망각하기 일쑤이다

티 없이 청정하여
오탁에 물들지 않는

연꽃처럼 살 수 있기를
일심 노력하며

발원하는 간절함이

산마을 저녁연기처럼
피어오른다

그림자 같은 도반

육십대 중반에
만난 도반으로

항상 싱글벙글 웃는 모습인 그는

내 특별정진 때마다
거의 함께 한
그림자 같은 도반이다

통도사 정우 주지스님 때
보궁 개방에
화산처럼 터지는 신심이

칠 개월 간 1일 11일 21일
삼칠일을

일천배
금강경 독경

보궁 백팔돌이
삼보일배 돌이

회향날엔
부도 앞길에서
땅바닥에 엎드려
삼보일배로 보궁까지

그때그때마다 그림자 같았던
나의 도반 환희명 보살님

각원사 아미타 대불전에서

부처님 부르며 천팔십 절을 하고
백여덟 돌이 마지막
일보일배 돌며 엉엉 울었던
철야 정진 때

다시 두 번의 미타 십만 정근
철야 정진 때

홍법사 아미타 큰 부처님 점안 후

부처님 부르며 백여덟 번 돌아
삼보일배로 백팔배 철야 정진 때

부처님 진신사리 모신 후

세 칠 일마다 일곱 시간
차례로 목탁 치며 부처님 부르며
절을 했던 철야 정진 때

늘 같이 했었는데
아쉽게도
홍법사 십만 정근 때는
왜 함께 하지 않았는지

오전 열 시에서
다음날 아침 일곱 시까지

그 새벽에 부처님 엄지 중지
그 속에 든 관음재일 새벽달의
아름다움을 기적처럼
만날 수 있었으며

십만 점근 회향 끝자락에
순간을 놓칠세라
무지갯빛 영롱한 해돋이
그 눈부신 화려함의 만남은
더더욱 극소수일 것이다

함께 한 천안 도반
성덕도 보살님이랑

큰절 삼배 공양 올리며
기뻐했던 기억이 새롭다

주지스님과의 찻잔 속에
그 큰 행운을 가득 담고

팔천분의 국화축제 첫날
예쁜 분에 그 기쁨을 꽂을 수 있었던
감회를 지금 다시 맛본다

그림자 같은 도반인 당신이
함께 하지 못해 몹시 아쉬웠다

설악산 산행길
모롱이 돌아돌아 개울 건너
수수계단 오르내리다

폭포 전망대에 쉬어갈 때
목탁 치며 부처님 부르느라
가던 걸음마저 잊었던 일

기어오르고 엉덩이로 밀고 내린
추억 실은 봉정암 상하행길

연말연시 긴긴 겨울밤
얼어붙은 눈산 토함산을

휩쓸며 재야의 타종에
가슴 설레던 밤

대 종각에 엎드려
새해를 맞는 일체 모두에게

큰절 삼배를 정중히 내려놓고

석굴암 일주문을 들어서니

양팔을 벌리듯

늘어선 오색 등불
지금인 듯 눈에 선하다

큰스님 한분을 만나
석굴 꼭두새벽 예불에서(1시)
장엄하신 부처님께
백팔배 공양 올려

존중 찬탄 공경 예배하며

한가슴 차오르는 환희심으로
일체중생 모두 모두에게

행복을 빌어보내던 그때를
영상을 돌려보듯
명상으로 다시 보며

삼 년을 연속으로
쫓아다녔던 젊음이

마치 남의 것이었던 듯

멀리 바라보인다

사람 몸 받아와서
구구절절 멋이 있게
살고 감을 더없이 감사하며

그림자 같은 도반
환희명 님께
고마움을 잔뜩 실어보낸다

고맙습니다 고맙습니다

사십성상 길든 대로

땅을 딛고
사는 사람들

모두 모두
몸도 마음도

흐르는 물처럼
바쁜가본데

나는 왜
바쁘지 않을까

남들처럼
바빠보고 싶은데

바쁠 꺼리가 없네

사십성상 길든 대로

꼭두새벽부터

그냥 그렇게
살고 있을 뿐

어느 한순간을
쉬어 있지도
바빠 헐떡이지도 않는

나는 아마
모자라는가 봐

주어진 그대로에

죽어 있지도 않고
살아 움직이면서

항상

눈에 손에 닿는 것에
다가가 쉬지 않는다

지금은 네댓 평 공간에서

허허 넓은 세상을
명상으로 바라보면서

그 마음이
넉넉하고 여유로워

일념의 발원을
쉬지 않는다

그 누군가의 노랫말에

이래도 한세상
저래도 한세상이라

말하지 않았던가

나는 이대로 한세상
멋이 있게 살고 가리라

내가 즐기는 길

적절히 찾아내어
스스로 공부하는 길

꼭 가야 할 곳에
망설임 없이 가는 길

어느 어디에서나
괴로움 여읜 길

우연 중에서도
도반을 만나는 길

닿는 곳곳에
반겨주는 이 있는 길

항상
행복이 충만한 길

어느 누구든
반가이 맞는 길

오는 이
반겨 마중하는 길

가는 이
포옹하며 배웅하는 길

오랜 세월 닦은
내가 만든 업의 몫인 이 길

활짝 열린
문 없는 길

하루하루
금생이 멀어져 가는 길

오늘도
누군가 오고 있을 것 같은 길

내생으로 가고 있는
행복한 이 길

또한 모자람이 없는
충만한 길일레라

아미타불

부처님 도량 보탑사

들릴 때마다
새로운 생각
새로운 마음
새로운 기운으로
넘치는 도량

어른 스님으로부터
혜원스님에까지

풍기는 미덕이
도량 내 가득하다

그리워 찾는 도량
그때그때마다

삼박사일 간
지어진 인연에

감사함을
한순간 내리지 않는다

금생을 닫고
다시 열리는 생에서도

분명 이 도량을
찾을 것이다

부처님 오신 날
큰 잔치 한마당

여법하게 치르시느라

종종걸음
바쁜 걸음으로

마음엔
행복이 넘쳐나도

육신 그 몸은
얼마나 피곤하시랴만

만면에 밝은 미소는
한순간을 떠나지 않는다

초여름 화단에
들꽃 산꽃 갖갖 채소며

만개한 작약은
한 잎 낙화하지 않은

아름다운 차림으로
우릴 반겨주었다

숫자도 이름도
헤아려 못다 할 만큼

도량 내는
살아 숨 쉬는 장엄들로

눈도 가슴도 뿌듯한
부처님 도량 보탑사

어느 한구석

어느 한 모퉁이에도

애정이 담기지 않은 곳을
찾아낼 수 없는 청정 희유도량

오늘 부처님 오신 날

땅 위에서부터
허공에 이르기까지

한껏 피어오른
수수천의 연꽃 공양으로

청정도량을
온 정성껏 장엄한

불연의 걸음들은
가볍기만 하네

다시 찾을 때마다
새로운 지혜로 충만한 도량

중중걸음 스님네의 바쁜 모습이
육안을 떠나지 않는다

쌀에 미처럼
어쩌다 한 번씩 나타나

섣불리 어디에
도움을 드릴 수 없어

그저 정진으로
빈자리를 채울 뿐이다

머물러 떠나기 싫어도
때가 되면 떠나야 함을 어쩌리오

또 찾으리다

복의 힘

복은 채로 쳐도
나가지 않는다는

옛말이
가슴에 와 닿는다

우리는
복이 많은 사람

지난해
부처님 오신 날은

영산홍이
피고 피어 장관을 이뤘으나

작약은
몽우리만 잔뜩 보고

이쉽게 떠났더니
지난해 윤구월의 덕분으로

오늘 부처님 오신 날
작약이 때맞추어

피고 피어 삼박사일 간
남은 봉오리까지 다 피어

이 도량 가득히
대 장엄으로 나섰으니

이 어찌 우연이리요
자연이 내린 복이 아닌가

지난해도 올해도
한 잎 낙화함이 보이지 않았던

이것 또한 복의 힘
자연의 가피가 어찌 아니랴

자연에 감사함을 잔뜩 안고

이 모두는 세상 것이기에
순간의 형상만으로
충만함에 이른다

아 행복하여라!

누구나 가질 수 있는
행복이련만

오지 못하는 자
누리지 못하네

세상사 기회는 잠시 지나간다

서의 대서원

이미 지어놓은 운명인
생사의 굴레를
벗어나서 마음대로
비켜갈 수 있을까

보다 기운찬
발원의 에너지로

시도해보는
나의 대서원이

대발원으로
해를 거듭 거듭해가고 있다

과연 지어진 운명을
바꿔낼 수 있을까

반신반의의

처음 그 마음이

용감하게도
하루에 수십 차례

일심발원하옵니다
이 몸 만 여든이 되는
음력 구월 초열흘날에
확연히
이 육신을 벗고자 하옵니다
아미타 부처님이시여
왕림하시어
저를 인도하시어지이다

일심발원하옵니다
이 몸 벗어놓고
다시 몸 받을 때
남자 몸 받아
부처님 상수제자가 될 수 있는
여법한 출가수행자
지혜 충만한 수행자가 되어지이다

일심발원하옵니다

이 몸 빚는 날에도
오늘 지금처럼
예배 정진을 하고서
원만히 이 육신을 벗어지이다

재고발
일심발원하옵니다
이 몸 만 여든이 되는
음력 구월 초열흘날에
홀연히
이 육신을 벗고자 하옵니다
아미타 부처님이시여
왕림하시어
저를 인도하시어지이다

삼고발
일심발원하옵니다
이 몸 만 여든이 되는
음력 구월 초열흘날에
정에 들듯
이 육신을 벗고자 하옵니다
아미타 부처님이시여
왕림하시어

저를 인도하시어지이다

제 이 서원으로
일체중생 모두
원하는 바 이루어지고

저의 대원 또한
원만성취되기를
오매일념
불철주야
일심발원하옵니다

이차 인연 발원 공덕을
법계 만방에 회향하옵니다
나무아미타불
나무무량광무량수여래불
나무본사아미타불

오랜 세월 가슴 깊숙히 묻힌
저의 이 참마음
헤아려주셨으면 하는 간절함을 앞세워
부처님의 가피를 기다립니다

신묘장구 대다라니

백팔 반주
세 번 굴림으로

만 이 년 간
칠백삼십 날
십일만 팔천 다라니를

약해서

칠백 날 정진
십만 팔천 다라니로
그 이름을 붙인 지도

어느덧 중반을 지나
하반에 이르렀다

역시 시작이 반이다

처음 나선 그 마음이
핑계와 게으름에
밀리지 않아

그때그때마다
일체중생 모두에게

간절히 바치는
이 다라니 공덕 되어

일체중생 모두 모두
삼보에 귀의하여

부처님 회상에서

번뇌는 지혜 되고
미움은 사랑 되며
탐욕은 자비 되어

이 세간에서

밝고 풍성한 삶을
누려지이다

나모다 디나다라 야야
나막알야 바로기제
새바라야 사바하

어제와 오늘

어제도 어제요
오늘도 어제 되니
내일도 어제 되죠

오늘도 오늘이요
어제도 오늘이었고
내일도 오늘 되죠

감도 감이요
옴도 감이요

감도 옴이요
옴도 옴이니

없음도 있음이요
있음도 없음이라

함도 함이요

아니함도 힘이니

사십성상 엮어온
순 진리 앞에

그렇게도 고집했던

세상 것도
방편도
실상도

궁극에는
업도 그럴지니

여태껏 익힌 습으로

금생에 얻은
신묘 다라니와
아미타 염불로

조용히
안眼 이耳 비鼻 설舌 신身 의意를
닫으오리다

잘 가는 길 잘 보내주는 길

이른 새벽마다
한 개비 향에
생명을 불어넣어

그 일생을
지켜보면서

나의 일생에
견주어본다

가느다란 그 몸으로
잿더미에 점점 묻히면서도

안간힘을 다해
불빛을 내뿜으며

넋을 끌어올리는
그 모습을 보면서

272

내 자신이
가는 길에 비유해진다

침착하게
정신이 빠져나가고

몸의 각 부위가
식을 때까지를

조용히 지켜보며

육신을 두고 그 혼신이
잘 떠나기를 기다려주는

그것이 잘 가는 길
잘 보내주는 길이지 않을까

참작해주었으면 하는
간절함으로 이 마음이 남는다

사랑하는
내 아들아

내 딸아

부디 서로 아끼고
사랑하며
배려하는 삶이 되도록
애써 노력하면

복은 억울함이 없이
지은 대로 가느니라

내 다음 생은

백에 백
천에 천
만에 만

금생에 못다 이룬
출가 수행자가 될 것이니

이 육신이 거추장스럽지 않게
훌훌 태워주어

자유로운 수행자의

참신하고 청정한

한생을 살게 해다오

어미의 대서원에
만에 하나 어긋나면

나는 오랫동안 슬퍼할 것이다

화장해주기를 간절히 부탁한다

사랑하는 아들아 딸아

마지막 큰 효도로 허공과 같은
덕을 쌓아주기 바란다

이 어미
사십성상 쌓은 기운으로

오는 생 멋지게 살고 싶단다

정진을 하면

일념정진에는
가슴이 넓어집니다

일념정진에는
마음이 열려옵니다

일념정진에는
밝음이 모여듭니다

일념정진에는
평등이 보입니다

일념정진에는
사랑이 영급니다

일념정진에는
배려가 생깁니다

일념정진에는
여유가 자랍니다

일념정진에는
지혜가 싹틉니다

일념정진에는
베풂이 커집니다

일념정진에는
충만이 불어납니다

일념정진에는
아름다움이 줄을 섭니다

일념정진에는
희망이 넘칩니다

일념정진에는
행복이 기다립니다

일념정진에는
기쁨이 차오릅니다

일념정진에는
미움과 원망
인색함과 괴로움

궁핍함과 옹졸함이
떠난 자리에

충만과 행복이 모여
사랑을 나눕니다

우리 함께
정진하십시다

사랑하는 연화행 님

지난날 천안에서
하룻밤 묵을 때

인삼죽 끓여
과일이랑 챙겨
양손에 들고

업고 앞세우고
높은 계단 올라왔을 때

내 작은 가슴
몹시 뭉클했더이다

어느 해 구월 하순
각원사 대불전
십만정근 철야정진 중

심야가 되면서

등이 오싹하며 찬기가 들 때

불티처럼 날아가
세탁해 넣어둔
털옷까지 다 들고 와서

면면이 어깨를 감싸주던
그 따뜻한 마음
오직 당신만의 마음이었지요

다시 세월이 흘러
그땐 만삭한 몸으로

왕복 네댓 시간 걸리는
불편한 교통편을

두 차례나 제공해주었으며
그 후 만삭이던 애기
구 개월배기를 업고까지

그 고마움을 어찌 잊으리요

선행이란 용어

긍더이란 닭어가

연화행 당신을 두고
한 말인 듯싶네요

고맙습니다
사랑합니다

님을 생각하면서
더더욱 열심히 정진하리다

일진행 두 손 모음

마음이 나서서

공양미 세 되씩
정성껏 이백 번을

모아 열두 가마니

나의 힘으로
불보살님께 올리고자

세운 대서원을
아이엠에프로 인해

막바지에 이르러
중단하면서

하던 일 못 다함에
약간의 아쉬움을 안고

구십 프로 행함만으로

극히 생각하며

스스로 감사한다

그 큰 서원이
없었더라면

어찌 가녀린
아낙의 힘으로

삼보종찰이며
수차례의 오대보궁에 이어

발걸음 닿는 곳마다
멀리 갈 땐 두 몫으로

바다 건너 제주도
중국에까지(구화산)

업고 안고
다닐 수 있었으랴

형상마저도 감춘

그 마음이 나서서

하나하나
행하는 일들

조복된 육신은 일당 없는
심부름꾼에 불과했을 뿐

내 스스로 내 마음께
두 손 모아 고개 숙인다

아미타불

고맙습니다 간사합니다

그대
이승을 초월한
님이시여

순색 화사한
의상으로 장엄한 모습

아미타 부처님
화현이시던가요

당신의
살아 숨 쉬며 움직이는

그 한마디 한마디는
가슴에 안겨온

생생한 선물이었습니다

고맙습니다
감사합니다

백 복덕행 님 그대께서
주신 금일봉으로

택시도 타고
저녁공양도 하고

편안함과 즐거움을
동시에 누렸습니다

그러고도
그 여분으로

보탑사
정대불사 동참 때

열한 전단에
당신을 생각하며

공양미 올려드리려
이 마음 멈추어졌습니다

노만들의 기뻐함도
함께 올려드리렵니다

하온데 저는
아무것도 드릴 것이 없어
보탑사 주지스님께서 주신

큰 스님 작품인
귀한 선물
신묘장구대다라니

아껴 나누다 남은 두 점
보살님께 드리려
꼭꼭 보관하고 있답니다

그 후
시간은 멈추어 있지 않아
정대불사일을 맞아
각 전단마다
공양미 올려드리고

흐뭇한 마음
당신을 생각했습니다

제 책이 나오는 대로
다시 찾을 마음입니다

기다렸다 뵙겠습니다

고맙습니다
감사합니다

나의 후바생

향 미 촉 공양 올리고
무릎 꿇고 엎드려

백팔배 공양
천배 공양
삼천배 공양 올리며

부처님께로 다가가던
꿈속 같은 시절

한생각 열면
그때 그 시절에 이른다

봉정암 사리탑에서

홀로 야삼경을 넘어
오경을 지나고
정오를 지나서

일몰을 맞으며

금강경 백팔독경
완독을 할 때며

통도사 보궁에서

한번 앉은 채로
번거로움을 피해

물 한 모금
커피 한 잔
끼니마저 거르며

그날그날을
처음 앉은 그대로

3일간 매 일곱 시간(3×7)
모아 금강경 백팔 완독이며

묵언 목걸이를 걸고
한번 앉은 그 자세로

여덟 시간 신묘대다라니
천팔십 완독 등등

꿈을 꾸는 듯한
장엄들이 줄지어 지나가네

묵묵히 화려했던
나의 후반생 실상의 장엄들

나를 돌아돌아
끝없이 맴돌고 있네

말로써
글로써

다 들려주고 보여줄 수 없는
나의 후반생 이야기

지금은 전생을 보듯
명상으로 돌려보며

뿌듯이 설레는 가슴 안고
기쁜 오늘을 지나간다

아버님 전 상서

아버님 을미년 오늘
음력 유월 스무날
아버님 기제일을 맞아
두 번째로
아버님 전에 올리는 글입니다

전전 병자년
제가 이 세간에 오기 전에
아버님께서는
세상을 뜨셨더군요
지금쯤 어느 곳에 계시온 지
편안하실 줄 믿습니다

아버님 떠나신 후
어머님께서 이십여 년
제가 와서 사십 수년
지금은 아들며느리가
십 수년째

묘아 팔십년 간
기제를 올리며
추모의 세월이 흘렀습니다

시대의 변천으로
수년 전에 부산 근교에
대식물원이며 대공원인
맑은 공기 속에
위치한 대도량 홍법사에
고조부모님을
백년 위패로 모시고
그 후 다시
증조부모님
조부모님
아버님 어머님을 모셨습니다
내년쯤 저의 내외도
그리로 갈 마음 굳혔습니다

이제 저도
가야 할 즈음에 이르러
이 시대 자손들의 부담을
덜어줄 수 있는
최종의 큰일을 해결코자 함입니다

해마다
약간의 차례 동참금을 올리며
복잡함을 피해
미리 들려 참배하는 형식도
제가 있는 동안이 아닐까
생각됩니다

아버님 시대의 변천에
통감하셔 주시기를
간곡히 부탁드립니다

아직 아버님 어머님의 기제일은
장남 순근이 부부가
정성껏 차리고 있습니다만
손자 효정이 결혼하면
한 대 더 단축시키고 싶은 마음
저들에게 일러줄 것입니다

아버님 죄송합니다
오늘 아버님 여든 번째 기제일을 맞아
맏며느리인 제가
아버님께 이 글을 올립니다
아버님 한사랑 가득히

저의 마음 헤아려주시기 바랍니다

제가 가기 전에
연중 세 번의 합동차례 동참금으로
넉넉히
주지스님께 전달하고 가려 합니다

아버님 전에
송구스러운 마음으로
용서를 구하는 이 마음
누가 되지 않도록
며느리사랑
아버님께서 심히 베풀어주시기
간절히 바라옵니다

아버님
계시는 곳곳마다
길이 편안하시기를 기원합니다

을미년 유월 스무날
맏며느리 두 손 모아 올리옵니다

충만 실은 에너지로

가고오고
와서가는
끝이없는
세월속에

순간순간
그때마다

생각나면
마음피워
지은행이

내일생에
활력소요

충만실은
에너지로

건강타령
행복타령

투정들은

이세간의
꿈이야기

탐욕심을
내려놓은
매사에는

육신이건
마음이건

거역함이
없었으니

오늘날에
이늙음을
지켜주는
막강한힘

충만실은
에너지로

그에따라
한껏내린
이마음엔

원망함도
미워함도
애착함도

세월속에
사랑으로
실려가고

나날마다
찰나마다
소중함을

낭비않고
익혀온삶

그것바로

건강한삶
행복한삶
충만한삶

바로바로
그것이네

무상도 2

육근의
열림을

죽은 듯
닫아두고

남인 듯
바라보는

그가
나인 줄 알면

무상도에
이르는 길

까마득히

아스라히

멀고
가파를지라도

한생각
멈추어

그 마음

쉬어 있지
아니하면

멀고
가까움이

어찌
둘이랴

한 찰나에

불과
하리라

얼마나 아름다운가

가슴 앞에
이 두 손

버릇처럼
모아짐이

너무나 감사하다

이 마음
내려지지 않고

그럴 수 없기에
더더욱 감사하다

눈인사나
오가는 말 한마디엔

어느 사이

가슴 앞에
이 무 손 만나 있으니

이 마음
열고 닫지 않아도

마주한
내 이 두 손

사십성상
그 세월이 내게 남긴

크나큰 선물
실상의 보물이다

내놓을 것 없이
내놓을 것 있는

이것
얼마나 아름다운가

사십성상
그 세월 앞에

고개 숙여 만나는
내 이 두 손

그를 일러
합장 반배라

불러주는
그 이름도

얼마나 아름다운가

마지막 그날까지
아끼고 사랑하며

소중하게
지니고 쓰다

형상은 따로

실상은
나랑 함께 가리다

수행하지 않으면

만약
내 마음이

누군가를
미워한다면

그건 바로

티 없는 마음에
몹쓸 독이 된다

그 마음

때 묻히긴
일찰나이지만

수행하지 않으면

쌓이고 또 쌓이어
그때서야 지우려면

항하사수
세월일 수도 있으니

어느 생에
고쳐 지으리요

세세생생
날 적마다

그 마음
멋있게 다스려

구경에는

무생인에
이르기까지

부디 한생각
소홀하지 마시라우

오직 감사함뿐 고마움뿐

을미년 10월 2일
오전 9시에서
10월 5일 오후 7시까지

모아 82시간

한가슴 깊숙이
한마음 듬뿍 담긴

도량의 기운
스님의 기운
도반의 기운이

대단한 에너지가 되어
보다 큰 기쁨을 안고
떠난 길 다시 왔다

법화경 독경 삼칠일

스물한 독 회향 및
정대불사에 동참코자
뜬 길이었다

일주문을 올라
도량 내에 들어서니

멀리서부터
두 손을 흔들며 맞아주신

능현 주지스님
법당에서 뛰어나온
희견 보살님

면면이 포옹으로
인사 나누며 반겨주심이

어찌 나의 기운이리요
그 감사함에

두 손 모아 고개 숙입니다

나의 도반들

서울에서
대전에서
천안에서
부산에서 모인

백일배기 공주님부터
여든을 넘기까지
열네 명

우리만으로도
제법 시끌벅적했었다

다음 날
법화경 독경 회향에 이어

다다음 날은
지광 큰스님과 함께 한

정대불사법회
입재에서 회향까지

한가슴 차오른

그 기쁨
그 장엄함을

어찌 말로써
그 말을 다 할 수 있으리요

상상조차도 않았던
묘순 큰스님과의 만남

그 어찌 우연이리요

전신의 미소로
주지스님께서 챙겨주신
맛난 과일이며

희견 보살님의 따뜻함

회장 보살님의
넉넉하고 푸근함

기존 신도님들의
맑은 눈빛이랑

그 모두 모두는
오직 감사함과 고마움뿐이었죠

도래된 인연의
각각 님들께서
정겨움이 담긴
다양한 선물들

숙소인 원장스님 방에서
혜명심 도반의 찬불가

부처님 인연 높습니다로
심금을 울리기도 하고

우리 깨 청정참기름

낱낱 닦아 빻은
청정고춧가루

다래순 등 말린 나물

겨울철 감기에 좋다며

도라지청

포근하고 따뜻한
무릎덮개 어깨덮개 숄

금일봉에서
호두과자
차량 제공
점심공양까지

다시
각원사 참배에서

수정 속에 관음상

무농약 청정거봉 박스

이 고마움을 어쩌지요

이 두 손 모아
합장 배례 드리옵니다

뜨거운 사랑

오늘 하루도
원만히 보내고

다시 삼경을 지나
오경을 기다리며(새벽기도)

긴 쉼터인
잠자리에 들어

각각 님들
곳곳에서

사랑을 아끼지 않는

한 분 한 분을
명상으로 지나 보낼 때

뜨거운 가슴에서
솟구치는

뜨거운 눈물

감사의 그 눈물이

가까이에 둔
백지 한 장을 꺼내어

이 아픔을 그리려는데

두둑 두둑 떨어지는
굵은 방울 방울에

한세상 돌아보니

그분들 면면이

절절이 쌓인
신심의 무게가

이 지구를 누른다

찰나를
소홀하지 않는

나의 신심으로

주고 받는
뜨거운 사랑이기에

영원히 식지 않을
그 사랑으로

허공 속에
둘이 없이

명상으로 바라보는

십선 사랑탑을 쌓으며

저의 모든 것
송두리째 바치옵니다

나무아미타불

최후의 발원

가슴을 흔드는
마지막 발원

일심발원하옵니다
일체중생 다 함께
삼보에 귀의하여
부처님 회상에서
육근 청정 심중 소구소망
무장무애
만사여의 원망성취
지혜 충만하여지이다

일심발원하옵니다
병고에 시달리는
모든 분들 속득쾌차하여
온 인류는
백년을 향수하여지이다

일심발원하옵니다
유주 무주 고혼 애혼들이
일시에 이고득락 왕생극락
상품상생 하시어지이다

일심발원하옵니다
우리나라 남북통일이 되어
세계 속에 불국정토로
만세만세
우순풍조 세계평화
만만세하여지이다

이차인연 발원공덕을
법계 만방에 회향하옵니다

나무석가모니불
나무석가모니불
나무시아본사 석가모니불

일진행 |

1936년 생으로 30대 후반 긴가민가했넜년 ㅗ 마음이 40대 초
반(1976년)에 들어서면서 신발 끈 졸라매고 불가佛家에 뛰어들
어, 접었다 폈다 백 손가락으로도 모자랄 난행고행의 정진으로
육바라밀행에도 인색하지 않았던 그가 좇아온 길, 2016년이면
만 40년이 된다.

그간 어느 하루 소홀히 하지 않았던 끈질긴 신행으로 쌓은 지
난날이, 2008년부터 매년 마음의 결정체인 일곱 권의 이야기로
나왔다. 첫 번째『행복한 고행』, 두 번째『허공 속의 무영탑』, 세
번째『내 마음속 영산회상』, 네 번째『사바는 연꽃 세상』, 다섯
번째『행복한 황혼길』, 여섯 번째『아름다운 일몰』, 일곱 번째
『걸음걸음 가볍게』에 이어서 이번 이야기로 여덟 번째『내생으
로 가는 길』에 이르기까지 일진행의 후반생 동안 굴하지 않았
던 사십성상이 고스란히 실려 있다. 그 속에서 항상 충만한 행
복을 약속하는 삶을 누리고 나누며, 끊임없는 정진을 내생으로
이어가고 있다.

내생으로 가는 길

초판 1쇄 인쇄 2015년 12월 10일 | 초판 1쇄 발행 2015년 12월 17일
지은이 일진행 | 펴낸이 김시열
펴낸곳 도서출판 운주사

(02832) 서울 성북구 동소문로 67-1 성심빌딩 3층

전화 (02) 926-8361 | 팩스 0505-115-8361

ISBN 978-89-5746-443-4 03810   값 12,000원

http://cafe.daum.net/unjubooks 〈다음카페: 도서출판 운주사〉